LES ÉDITIONS Z'AILÉES
22, rue Ste-Anne C.P. 6033
Ville-Marie (Québec) J9V 2E9
Téléphone : 819-622-1313
Télécopieur : 819-622-1333
www.zailees.com

DIFFUSION ET DISTRIBUTION : MESSAGERIES ADP
2315, rue de la Province
Longueuil (Québec) J4G 1G4
Téléphone : 450-640-1237
Télécopieur : 450-674-6237
www.messageries-adp.com
*filiale du Groupe Sogides inc.,
 filiale du Groupe Livre Québecor Média inc.

Infographie : Impression Design Grafik
Illustration de la page couverture : Maxim Gélinas/Impression Design Grafik
Maquette de la page couverture : Gabrielle Leblanc
Texte : Keven Girard
Crédit photo : Manon Godro

Impression : Juillet 2015
Dépôt légal : 2015
Bibliothèque nationale du Québec
Bibliothèque nationale du Canada

ISBN : 978-2-923910-95-6

Imprimé au Canada sur papier recyclé.

Les Éditions Z'ailées remercient la SODEC pour l'aide accordée à
leur programme de publication et reconnaissent l'aide financière du
gouvernement du Canada par l'entremise du Fonds du livre du Canada
(FLC) pour leurs activités d'édition.

Gouvernement du Québec — Programme de crédit d'impôt pour
l'édition de livres — Gestion SODEC

SODEC
Québec ✚✚

ZONE
FROUSSE

LE BAL DU DIABLE

KEVEN GIRARD

À Louise, Mathieu et Laurie,
pour l'accueil généreux.

LA LÉGENDE DU DIABLE BEAU DANSEUR

Le Diable n'a ni cornes sur la tête ni une longue queue fourchue. Il n'a pas non plus la peau rougeâtre, ni même de fourche dans ses mains. En réalité, le Diable est loin d'être la créature terriblement clichée que l'on voit dans les livres ou les œuvres d'art. Satan revêt l'apparence de n'importe qui; il suffit de le voir pour le croire.

On raconte qu'il y a cinquante ans, il serait apparu dans un canton reculé, encerclé d'une forêt d'épinettes et de bouleaux. Tous les samedis, les habitants du village se rendaient à la salle communautaire près de chez eux pour danser. Dans une ambiance festive, ils se serraient la main et bougeaient sur une musique endiablée. Les garçons charmaient les filles, rouges de gêne des oreilles jusqu'aux orteils. Les danseuses valsaient et valsaient encore, jusqu'à en perdre la raison.

Un soir particulièrement sombre, la porte de la salle se serait ouverte avec fracas en raison du vent fort de février. Un homme, vêtu d'un élégant manteau en fourrure de bison, aurait secoué ses bottillons et retiré son couvre-chef, dévoilant ainsi ses lumineux cheveux blonds. Les habitants, qui se connaissaient tous entre eux, ignoraient la provenance de cet étranger.

Les femmes présentes à la soirée dansante tombèrent immédiatement sous le charme des yeux bleus du bel inconnu. Elles l'auraient invité à se joindre à elles pour une gigue rythmée, une danse qui le réchaufferait à coup sûr.

Elles ne furent pas déçues. L'inconnu semblait infatigable, claquant des pieds et tapant des mains sans arrêt jusqu'aux petites heures du matin. À la fin de la soirée, il ne serait resté que lui et Adrienne.

Collés l'un contre l'autre, les amoureux se seraient regardés pendant des heures. Soudain, les pupilles bleutées de l'homme mystérieux auraient changé de couleur, devenant d'un rouge vif et sanglant. Des flammes s'y seraient dessinées.

Adrienne aurait hurlé si fort que ses cordes vocales n'auraient pas dû être en mesure de produire un tel son. Le village dormait à poings fermés, et les habitants ne l'auraient pas entendue crier.

Le lendemain, on retrouva la

salle communautaire du village dans un piteux état. Elle avait été la proie des flammes. Adrienne fut portée disparue et on n'a jamais retrouvé son corps. L'incendie est resté un mystère non résolu.

Les légendes sont ce qu'elles sont; créées pour être racontées. Mais elles ne sont jamais complètement fausses. Le Diable est peut-être plus près que vous ne le croyez...

L'ADMIRATEUR SECRET

La flamme d'une chandelle vacille. Le garçon referme le recueil des légendes québécoises, ouvert à la page de celle du Diable beau danseur. Un sourire se dessine sur ses lèvres. Cette histoire l'a toujours fait rire.

Assis à son bureau de bois, dans sa chambre où de grandes bibliothèques font office de murs, il sort une feuille de papier. Près de lui, il dépose un encrier et s'empare d'une longue plume d'un rouge qui rappelle les braises d'un feu de camp. Il trempe le bout de sa plume dans le liquide noir et s'applique à rédiger une lettre. Son écriture est fine et légèrement penchée. Il signe au bas de la feuille, puis insère le papier dans une enveloppe qu'il hume. L'odeur est celle de la cendre. C'est avec les pupilles dilatées et un étrange rictus qu'il inscrit le nom et l'adresse de la destinataire. La lettre est fin prête à être postée.

LE DERNIER AUTOBUS

— Selon vous, qui est le bel inconnu dans la légende du Diable beau danseur? demande madame Thériault.

— C'est une évidence, voyons! s'exclame Laura. C'est le Diable!

Laura n'a pas attendu qu'on lui donne la parole. Chaque fois que son enseignante pose une question, elle ressent le besoin de répondre. Elle a une opinion sur tout et veut à tout moment la partager avec le groupe.

L'institutrice expire bruyamment, démontrant son exaspération. Elle aime la surdouée de sa classe, mais trouve parfois qu'elle ne laisse pas la chance aux autres de répondre. Laura ne comprend pas le règlement. Il ne suffit pas de tendre le bras pour parler, il faut aussi en avoir la permission. Mais l'année achève et madame Thériault n'arrive toujours pas à ce que la jeune fille suive la règle.

Le son de la cloche met fin aux réflexions de l'enseignante. Laura s'habille chaudement en raison du temps froid. C'est la première fois qu'elle remarque une journée aussi fraîche durant le mois de juin. Elle ne serait même pas surprise de voir de la neige. Il semblerait que ces caprices de la nature soient dus aux bouleversements climatiques. Laura l'a appris en géographie.

« Réchauffement planétaire mon œil », pense-t-elle en rejoignant ses amis dehors, près du stationnement des autobus scolaires.

Le sien tarde encore. Elle ne s'en soucie pas trop. Depuis toujours, le véhicule de madame Florence a l'habitude d'arriver en dernier. Laura et les autres passagers croient dur comme fer que leur chauffeuse perd son temps l'après-midi au centre commercial. Madame Florence en oublierait même de venir les chercher. Le côté positif, c'est que ça leur donne du temps supplémentaire pour bavarder entre eux.

La conversation du jour tourne autour du plus grand évènement de leur primaire : le bal des finissants. Avant d'emprunter le chemin du secondaire, les élèves de sixième participent à une fête, qui aura justement lieu ce soir. Le thème de cette année? Un bal costumé! Pour l'occasion, ils devront donc tous se parer d'un déguisement original, qu'il soit drôle ou effrayant.

Laura ne cède pas devant ses copines Frédérike et Kirianne alors qu'elles tentent de savoir quel sera son costume. Laura le dévoilera au moment venu. Elles auront la surprise, en même temps que tout le monde.

– Viendras-tu avec un cavalier Laura? l'interroge Kirianne.

– Non. Vous savez ce que je pense des garçons. Ils sont bêtes! Je préfère y aller avec vous, les filles! Vous êtes de bien meilleure compagnie.

– Moi j'y vais avec Mathieu, rétorque Frédérike. Il s'en va bientôt au camp de vacances Pointe-Racine et je ne le reverrai pas avant la fin de l'été.

– Auras-tu enfin le courage de lui dire que tu l'aimes? demande Kirianne d'un air taquin.

Frédérike ne répond pas. Son

cœur bat si fort qu'elle le sent tambouriner dans sa poitrine. La simple évocation du garçon de ses rêves la fait frissonner. Elle aimerait bien vaincre sa timidité et lui avouer ses sentiments. Sauf que le moment des aveux venu, la gêne la gagne et elle ne parvient plus à prononcer une seule parole. Elle garde espoir qu'un jour, peut-être, elle réussira.

Le bruit d'un moteur résonne dans la cour d'école presque déserte. L'autobus retardataire se gare enfin devant Laura, ses copines et tous les autres élèves de son quartier. En ouvrant la porte coulissante, la conductrice se confond en excuses :

– Désolé les jeunes, je n'ai pas vu le temps passer.

Les enfants lèvent les yeux au ciel en hochant la tête. Ils ont entendu ces balivernes des centaines de fois. Néanmoins, ils sourient par politesse à madame Florence.

Durant le trajet, Laura rêvasse en regardant, distraite, le paysage urbain se métamorphoser en un décor de campagne. Lorsque ses parents ont décidé de déménager, alors qu'elle était en deuxième année, elle a eu beaucoup de mal à approuver leur choix : une contrée sauvage, éloignée du monde, perdue entre deux champs de patates et une forêt d'épinettes.

Désormais, elle n'imagine plus la vie sans l'air pur que lui fournit la nature.

Dans ses rêveries, la jeune fille s'invente un scénario romantique. Tout à l'heure, elle a menti à ses copines : ce n'est pas par choix qu'elle n'a pas de cavalier. En secret, elle espère qu'un garçon la remarquera. Même Dave le rouquin, qui cherchait désespérément une partenaire, ne l'a pas invitée. En son for intérieur, elle aurait aimé l'accompagner. Il semble gentil et ses taches de rousseur ne la rebutent pas. Elle dirait même qu'elle le trouve charmant lorsqu'il sourit de toutes ses dents blanches. Laura soupire.

Pour ne pas perdre la face, elle joue l'indifférente.

Elle entrevoit sa maison qui approche. Après avoir brièvement salué ses amies, elle débarque de l'autobus le cœur lourd. Elle reverra Frédérike et Kirianne dans quelques heures, mais saura-t-elle cacher son jeu? Déjà, des larmes coulent sur ses joues roses.

Elle franchit le seuil de sa demeure. Elle se réfugie dans le seul endroit où elle se sent bien : sa chambre. Dans la pièce sombre où les fenêtres sont obstruées par de longs rideaux noirs opaques, elle s'assoit par terre et s'adosse au mur face à son lit. Son esprit vogue, tourmenté par la mélancolie. Elle est si préoccupée qu'elle n'a pas remarqué l'enveloppe traînant sur la table de la cuisine et sur laquelle son nom est inscrit.

LE PARFUM D'UNE LETTRE

Laura s'extirpe de sa chambre lorsqu'elle entend Vicky, sa mère, claquer la porte de la maison. Pour un instant, elle classe son absence de cavalier au second rang de ses préoccupations. Elle se doute de la raison pour laquelle sa mère est entrée en coup de vent. Elle l'appelle :

– Lau! Lau! s'exclame-t-elle d'une voix surexcitée. J'ai ta robe…

La jeune fille se dirige d'un pas

lent au salon, devant une housse noire qui protège le tissu. Laura ouvre la fermeture éclair et est éblouie par le costume d'un bleu saphir étincelant. Elle l'attendait depuis longtemps, car sa tante lui avait promis de lui en coudre un sur mesure. Ses amies la jalouseront puisqu'elle sera la plus sublime au bal des finissants du primaire.

– Ta tante Louise vient tout juste de mettre la touche finale.

– J'irai la voir pour la remercier. La robe est tellement belle! dit-elle en passant le vêtement entre ses doigts.

– Je meurs d'envie de te voir là-dedans. Tu as même des gants, un sac à main et un diadème comme accessoires. Allez, va l'essayer!

Laura s'empare de son déguisement et s'enferme dans la salle de bain. Un fois le costume enfilé, elle se regarde dans la glace; quelle merveilleuse idée de se déguiser en Reine des neiges! Elle attache sommairement ses cheveux pour en faire un chignon imparfait. Sans prétention, elle peut affirmer qu'elle est effectivement très jolie et qu'elle ressemble beaucoup au personnage du film. Lorsqu'elle dévoile le résultat à sa mère, elle entonne la célèbre chanson du film :

— Libérée, délivrée…

Émue, Vicky se cache la bouche de sa main. Lorsqu'elle découvre ses lèvres, un large sourire exprime sa joie. Elle est fière de sa fille. Cette fête qui célèbrera la fin de son primaire lui fait réaliser une chose : Laura vieillit et quitte tranquillement l'enfance. Vicky la serre dans ses bras, puis se recule et lui annonce :

– Je vais préparer le souper. Tu la remettras tantôt, et je m'occuperai de ta coiffure et de ton maquillage. Tu seras parfaite pour le bal de ce soir!

Laura aime la complicité qu'elle partage avec sa mère. Parfois, elle jurerait qu'il s'agit plutôt d'une grande sœur à qui elle peut tout confier. Pourtant, même devant ses parents, Laura enfouit ce problème de cavalier au fond d'elle-même. Elle n'ose pas leur révéler son secret. Elle se sent terriblement honteuse.

– Ah oui, j'oubliais! se souvient sa mère. J'ai reçu une lettre pour toi. Elle est sur la table de la cuisine.

La jeune fille est surprise. « Une lettre? De qui? »

Sur le bois verni de la table en acajou trône une enveloppe noire. Sur le dos de celle-ci, son prénom apparaît en surbrillance, à l'encre rouge, comme s'il perçait le papier. Laura est intriguée par cet envoi étrange. Elle ressent une chaleur étouffante. La lettre la trouble. Sans savoir pourquoi, une angoisse surgit.

Elle hume le parfum de l'enveloppe et l'effleure avec son index. L'odeur lui rappelle le soufre d'une allumette que l'on craque. La texture est rugueuse, semblable à celle du sable. Laura saisit un coupe-papier. Même si elle est méfiante, elle veut connaître le destinateur de la lettre. Lorsqu'elle la déchire avec prudence à l'aide de l'instrument aiguisé, elle ressent une sensation de piqûre. Du sang coule du doigt qui avait servi à toucher le papier. Ouille! Elle secoue la main pour évacuer la douleur. Elle prend un mouchoir et comprime la plaie.

Elle découvre alors un papier jauni, qui semble dater d'une autre époque. L'écriture est fine, légèrement penchée. Laura plisse les yeux afin de mieux déchiffrer la calligraphie de l'auteur. Lorsqu'elle se met à lire, son cœur arrête de battre :

Chère Laura,

Depuis le début de l'année scolaire, je ne pense qu'à toi. Jour et nuit, tu es là, dans ma tête. Ton sourire et ton regard uniques hantent mon esprit. C'est donc pour cette raison que j'ose aujourd'hui t'écrire. J'aimerais tellement être ton cavalier pour le grand bal de fin d'année. Si tu le veux bien, nous nous rejoindrons à la salle de bal, et danserons ensemble toute la soirée.

En espérant te voir,

Signé

D.

L'ÉCORCE D'UNE BÛCHE

L'auteur de la lettre ne peut qu'être Dave. Se fiant aux rumeurs, Laura sait que le rouquin est le seul garçon n'ayant pas de partenaire pour la soirée. Les autres s'étaient d'ailleurs moqués de lui aujourd'hui. Laura, elle, rêvait qu'il l'invite. La timidité de Dave l'aurait-il poussé à attendre à la dernière minute pour lui envoyer un message? Au fond, il est peut-être un grand romantique!

Des doutes l'assaillent : pourquoi avoir choisi une enveloppe aux couleurs si sombres et morbides? Et d'où provenait cette odeur qui collait au papier? Quelqu'un avec un esprit mal tourné voudrait-il lui jouer un mauvais tour? Elle se met à douter. Le rêve est trop beau pour être vrai!

Attablée avec ses parents pour le repas du soir, elle en oublie de manger. Sa mère l'interpelle :

– Mange! Ton repas va être froid. Tu as besoin d'énergie si tu veux danser ce soir, ma belle reine des neiges préférée, la taquine Vicky.

Laura chasse ses inquiétudes et s'attaque à son spaghetti. Elle aura un cavalier pour le bal; au fond, c'est tout ce qui compte.

Un frisson lui parcourt l'échine. La maison se refroidit. Evans, son père, rouspète :

– Il fait drôlement froid pour un printemps qui se termine! Laura, pourrais-tu m'aider, s'il te plaît, à mettre des bûches dans le foyer? J'aimerais en transporter plusieurs du caveau au sous-sol.

La jeune fille n'aime pas se rendre dans la pièce la plus lugubre de la maison. Chaque automne, Evans accumule du bois dans un endroit sombre et renfermé de la cave. L'endroit contient des tas de bestioles, passant de la simple araignée à la dégoûtante coquerelle. Les murs sont craquelés et on peut entendre à travers les fentes des souris se déplacer. Dans un coin, une montagne de bûches sert à alimenter leur foyer moyenâgeux qui réchauffe les lieux à la place d'un système électrique.

Laura trouve son père embêtant, surtout depuis qu'il a décidé de la forcer à prendre des responsabilités. Parfois, elle a l'impression que ses parents s'acharnent sur elle pour l'obliger à effectuer leurs tâches. Elle se demande même si le fait qu'elle soit enfant unique n'y serait pas pour quelque chose. Qu'importe! Elle préférerait qu'on lui demande de laver la vaisselle ou les vêtements plutôt que de se rendre dans la cave. Elle déteste ce lieu où l'humidité transperce le corps et glace le sang.

— Je ne veux pas y aller, riposte-t-elle.

— S'il te plaît Laura, j'insiste. Tu peux bien me rendre ce service, non?

Elle se soumet. Elle ne voudrait surtout pas créer la discorde et être privée de sortie. Elle termine son repas et dévale les escaliers menant au sous-bassement de la demeure. Son père la talonne. Elle tâte le plafond pour trouver la cordelette métallique reliée à l'ampoule et tire dessus. Ses paupières se plissent devant l'aveuglante lumière. Une araignée tisse sa toile à sa droite. Elle frissonne devant ces bestioles qu'elle déteste.

Bien qu'une partie du sous-sol soit éclairée, la porte menant au caveau est dans l'ombre. Le foyer, quant à lui, repose sagement à l'autre extrémité.

Le père et la fille se dirigent vers l'obscurité, puis Laura empoigne la poignée métallique. Un mauvais pressentiment la submerge. Elle se raisonne; elle est accompagnée de son père. Elle sait qu'au fond, elle imagine le pire pour rien. Que pourrait-il bien lui arriver dans sa propre maison?

— Vas-y Laura, il n'y a rien à craindre, la rassure son père en déposant une main sur son épaule.

Elle prend son courage à deux mains et tire la porte vers elle. Elle allume l'interrupteur sur le mur à sa gauche. Un néon d'un blanc immaculé grésille et laisse entendre un son rappelant d'un rasoir électrique. Ce qu'elle aperçoit frôle la banalité et confirme que sa peur n'était pas fondée : des cordes de bois.

« Vite, qu'on en finisse! » se répète-t-elle dans son esprit, même si elle est plus confiante.

Elle ramasse quelques bûches, Evans fait de même et elle referme maladroitement la porte avec son pied. Puis Laura se dirige vers le foyer. Elle dépose les morceaux de bois sur le sol. Son père ouvre la grille. Le feu semble sur le point de s'éteindre, car il ne reste plus que des braises luisant d'une vague couleur rougeâtre. Lorsqu'Evans insère une bûche dans le foyer, des flammes surgissent. Elles rongent le bois, le dévorant à une vitesse folle. Un bout d'écorce vole. Laura ne peut l'éviter lorsqu'il vient marquer et brûler la peau de son avant-bras.

Aïe! Elle grimace de douleur.

La jeune fille ramène son bras près de son corps. Une tache écarlate est apparue. Son père s'excuse mille fois et la prend dans ses bras en appelant Vicky. Elle arrive au sous-sol en panique.

– Qu'est-ce qui se passe? questionne sa mère.

– Je me suis brûlée, ça fait mal! gémit Laura, les yeux dans l'eau.

Vicky examine sa blessure, où des cloques se forment. Elle s'empresse de guider sa fille vers la salle de bain, où est installée la trousse de premiers soins. Elle sort de la gaze stérile et enroule l'avant-bras de Laura. Elle revient également avec un sac de glace, qu'elle applique sur la blessure recouverte.

– Ce n'est pas ton jour

de chance, pauvre chouette, compatit-elle. Veux-tu toujours aller à ton bal?

À ce moment précis, une seule pensée contrôle l'esprit de Laura : « Que dira Dave? » Malgré tout, la jeune fille s'empresse de répondre d'une voix qui sanglote :

– Oui!

Dehors, comme un signe dans le ciel, la cheminée laisse échapper pendant quelques secondes une fumée ocre, étrangement rouge, que ni Evans, ni Vicky, ni Laura n'auront l'occasion de remarquer.

L'ENTRÉE DE LA REINE

Laura enfile difficilement son bras dans la manche de son manteau. Elle se retient de crier des mots abominables, interdits par les règles de la maison. Elle ne peut pas croire qu'elle vit présentement ce cauchemar : être blessée le jour de son bal. Elle se demande ce qui se produira lors de celui de la fin de son secondaire. Une jambe coupée? Une oreille arrachée? Un œil qui pend dans le vide hors de son orbite?

Elle cache sous sa veste la robe faite d'un tissu soyeux. Des tresses françaises sont nouées en couronne sur sa tête. Sa tignasse blonde lui donne les allures de la véritable Reine des neiges. Si ce n'était du pansement, son déguisement serait parfait.

« J'espère que je n'accompagnerai plus jamais mon père dans la cave », pense-t-elle.

Près de l'entrée principale de la demeure, Laura entend le vent qui siffle. Les branches des arbres ballotent au gré du courant d'air. L'une d'entre elles frappe contre le carreau d'une vitre, laissant entendre des coups brefs et constants. La jeune fille a l'impression que l'automne souffle son haleine. Un temps bien étrange à l'approche des vacances scolaires.

Vicky et Laura entrent dans la voiture. Le moteur démarre, puis le tuyau d'échappement de l'automobile crache sa fumée. Laura et sa mère roulent vers l'école primaire. Le bal a lieu dans le gymnase de l'établissement. Avant de s'y rendre, Vicky passe chercher Frédérike, qui habite le rang d'à côté. Kirianne, quant à elle, demeure quelques rues plus loin, juste avant la grande ville. Les parents se sont entendus pour covoiturer : la mère de Fred sera la chauffeuse désignée au retour.

Alors que Vicky stationne la voiture devant la maison de Frédérike, cette dernière sort de chez elle et se dirige vers le véhicule à grandes enjambées. Laura constate l'excitation de son amie à sa démarche rapide et au sourire qui illumine son visage. Elle voudrait partager ses sentiments, mais depuis son départ, elle est inquiète. Dave se moquera sûrement d'elle, et la traitera de momie au lieu d'admirer son costume de reine. Elle pourrait le parier. Et son invitation tiendra-t-elle toujours? Elle en doute. Elle finira seule, comme il était prévu au départ.

Face à ces réflexions, elle ne

veut soudainement plus aller à son bal. Elle est terrifiée à l'idée d'être humiliée, elle qui est pourtant reconnue pour sa force de caractère et son sens de la rébellion.

— Tu es déguisée en quoi? l'interroge Frédérike.

— Franchement! Tu es stupide! répond Laura d'un ton offensé.

— Laura Gauthier, je t'interdis de traiter ton amie de la sorte! la sermonne Vicky.

— Ce n'est pas la peine de te fâcher Lau, je ne vois rien à cause de ton manteau, dit Frédérike d'une voix douce qui lui est propre.

Laura s'en veut d'avoir été impatiente, mais ses pensées

envers Dave la déboussolent. Elle boude en silence, l'esprit ailleurs. Sa brûlure la démange, mais elle n'ose pas la frotter de peur que la blessure ne s'aggrave.

Vicky gare la voiture chez Kirianne. Lorsque celle-ci monte à bord, Laura daigne à peine la saluer.

– Ça ne va pas Laura? questionne Kirianne.

– Pas vraiment non, je me suis brûlée. Et je ne suis plus certaine de vouloir aller danser.

– Mais voyons! s'exclame Frédérike. C'est la plus belle soirée de notre primaire. Tu ne peux pas manquer ça!

— Préfères-tu retourner à la maison, Laura? demande Vicky.

Laura hoche la tête de gauche à droite. Elle propose à sa mère de poursuivre son chemin, comme convenu. L'ambiance, qui devait être festive, tourne au vinaigre. Ajoutant à l'atmosphère maussade, l'ombre d'un gros nuage noir vient planer au-dessus de l'automobile. Les enfants pourraient presque croire qu'il les suit. Laura s'agrippe au bord de la fenêtre pour observer le ciel. Quelques secondes plus tard, les nuages se dissipent. La nuit tombera bientôt. Ses amies boudent alors que Laura ressent une anxiété féroce. Elle tapote de

ses doigts la portière à sa droite.
Clic. Clic. Clic.

– Tu peux arrêter de faire ce bruit s'il-te-plaît? demande sa mère.

Laura acquiesce. Une boule se forme dans sa gorge. Comment se passera la soirée?

Le stationnement de l'école primaire est bondé. Avant de se garer, Vicky conduit la voiture près de la devanture de l'établissement. Les autos paradent en rang d'oignon et les élèves se regroupent pour deviner qui sortira. Ils sont là surtout pour observer les différents déguisements.

– Une fois n'est pas coutume. Même s'il fait froid, je vous permets d'enlever vos manteaux avant de débarquer. J'irai les porter au vestiaire avant de repartir, les informe leur conductrice.

Kirianne et Frédérike s'emballent. Elles se défont rapidement de leurs habits chauds et poussent la porte. Leurs camarades admirent le sarrau blanc et le stéthoscope accroché au cou de Kirianne. Elle est une magnifique infirmière. Frédérike rayonne avec ses ailes d'ange en plumes et son auréole sur la tête.

Elles se dirigent à la hâte vers le gymnase. Au fond d'elles-mêmes, elles espèrent que Laura ne gâchera pas leur bal. Elle serait bien capable de piquer une crise.

– Tu sais pourquoi elle est comme ça?

– Elle n'a pas de cavalier…

– Elle disait qu'elle n'en voulait pas, qu'elle n'aimait pas les garçons!

– Personne ne veut être le prince de la Reine des neiges.

– Pauvre Laura!

Retardataire, Laura se départit de son manteau à la vitesse d'un escargot. Elle traîne la patte et n'ose pas affronter le regard des autres en sortant de la voiture. Même si des enseignants et des finissants la complimentent sur sa robe, elle considère son entrée complètement ratée. La seule chance qu'il lui reste, c'est de retrouver Dave et de lui donner sa réponse : elle souhaite être sa partenaire. Sans lui, elle appellera sa mère afin de retourner à la maison. Elle ira se blottir dans son lit en oubliant la désastreuse soirée.

En entrant dans l'école, elle chasse ses pensées négatives. Le directeur lui remet un billet.

— Pour le tirage de plusieurs prix de présence, garde-le précieusement! lui indique-t-il.

Elle ne s'en préoccupe pas

et le fourre dans son sac à main. Impossible qu'elle gagne, pense-t-elle, car les malheurs s'attardent sur elle aujourd'hui…

Dave! Elle court vers le gymnase et le cherche du regard. Nulle part. Quelqu'un lui tapote les épaules. Elle sourit. Enfin!

Lorsqu'elle se retourne, le directeur se tient devant elle. Il lui remet une enveloppe.

– Nous avons reçu ça pour toi.

L'odeur du soufre et le papier sombre lui rappellent la lecture de la première lettre. Laura est déroutée. Dave aurait-il changé d'idée? Aurait-il eu un empêchement?

LA SECONDE LETTRE

Elle tremble. « Qu'est-ce que cela veut dire? Pourquoi une seconde lettre? » Si Dave vient à la soirée dansante, elle le verra forcément. Il n'a donc pas besoin de lui écrire à nouveau.

Son nom est bel et bien inscrit sur l'enveloppe, prouvant hors de tout doute qu'elle lui est destinée. N'ayant pas de coupe-papier à sa disposition, elle déchire le papier avec violence. Deux minuscules araignées s'échappent et s'accrochent aux mains de Laura.

Ahhhh! Elle déteste ces bestioles. ARK! Elle envoie les araignées au sol et les écrase du pied. Son cœur veut sortir dans sa poitrine. Qui peut bien lui faire parvenir ces horreurs?

Elle revient à la lettre, à bout de souffle. Le papier est le même, vieilli, presque brun. Elle reconnaît l'écriture fine et soignée.

Chère Laura,

Je suis heureux de te savoir là. Je ne cesse de penser à toi, et j'ai tellement hâte de te voir. J'en rêve depuis des lustres. Malheureusement, j'avais oublié de te spécifier que je t'attendrai dans

*le boisé près de l'école. J'espère que
tu viendras à ma rencontre, pour
que nous puissons nous joindre à
la danse. Et qui sait? Nous serons
peut-être les meilleurs danseurs de
la soirée...*

Ton plus grand admirateur,

Signé

D.

Alors Dave se tient dans le
boisé... Qu'est-ce qu'il fait là?
Et pourquoi lui envoie-t-il des
araignées par-dessus le marché?
Quel cinglé!

La tête lui tourne et sa
blessure chauffe. Des émotions
vertigineuses la submergent :
l'angoisse, le doute et

l'incompréhension. Elle est sur le point de s'effondrer. Elle titube dans le gymnase, s'appuyant contre un mur pour mieux reprendre ses esprits. Kirianne et Frédérike passent devant elle. Elles remarquent le teint verdâtre de leur copine. L'amitié étant plus forte que les malentendus, elles s'enquièrent de l'état de Laura.

– Tu es malade? la questionne Frédérike.

– Je suis fatiguée, je crois, ment Laura, qui ne souhaite surtout pas paraître désespérée devant ses amies en leur montrant la lettre d'un soi-disant admirateur.

Pour détourner leur attention,

elle ajoute :

– Les filles, je m'excuse pour tantôt, j'ai vraiment été désagréable avec vous. Je ne voulais pas gâcher votre joie. Pardonnez-moi.

– Ça va, si tu ne te sens pas bien, on peut comprendre, compatit Kirianne. C'est quoi ce papier que tu as dans les mains?

Puis elle tend le bras pour s'en emparer. Laura l'esquive. Elle le cache derrière son dos. Frédérike et Kirianne lui jettent un regard teinté de curiosité. La jeune fille se ressaisit, puis s'éloigne. Heureusement pour elle, ses copines ne la suivent pas. Elle se réfugie aux toilettes en s'assurant qu'il n'y a personne. Elle se glisse dans une cabine et verrouille la porte. Elle sera plus tranquille pour réfléchir.

« Qu'est-ce que je fais, Dave? » se met-elle à penser à haute voix. Sa jambe tremble. Elle ne peut plus la contrôler.

« Est-ce que je te rejoins dans les bois, où est-ce que je reste ici? Est-ce que je suis vraiment prête à tout pour avoir un partenaire? »

Un marteau-piqueur lui martèle l'intérieur du crâne. Elle se masse le front. Ses réflexions sont douloureuses.

« Je n'aime pas ça la forêt,

c'est trop lugubre. Surtout qu'à l'heure qu'il est, le soleil doit être couché... »

Des pas résonnent dans la pièce. Elle sursaute presque d'un mètre dans les airs. Elle devine qu'il s'agit d'une femme en raison d'un claquement de talons hauts. Laura remarque des pieds dans l'espace sous la porte de la cabine.

– Il y a quelqu'un?

Laura reste muette. La gêne la gagne. Celle qui a parlé doit croire qu'elle est folle.

– Laura, c'est toi?

Elle reconnaît la voix de Caroline, son enseignante.

– Oui, oui.

– Je t'ai suivie jusqu'ici. Tu avais le teint vert. Es-tu malade? As-tu vomi?

– J'ai eu un malaise, rien de grave, explique Laura. Tout va mieux maintenant.

Elle sort. Ouf! Madame Caroline n'a rien entendu. Elle n'a pas à connaître son histoire de lettres mystérieuses. Laura lui demande gentiment :

– Est-ce que je pourrais être seule quelques instants?

– D'accord.

Les talons de Caroline claquent une fois de plus.

Laura est seule dans la salle de bain. Elle tente de trouver un sens à ce qui lui arrive. Elle fouille dans son sac d'une main tremblante et retrouve la première missive qui lui était adressée. Elle compare les deux lettres avec nervosité et constate qu'elles se ressemblent en tout point. Pas de doutes possibles : il s'agit du même auteur, ce mystérieux D. Lorsqu'elle range les feuilles, elle remarque un billet bleu sur le carrelage, à l'extérieur de la cabine. Elle sort et se penche pour le ramasser.

Tout à coup, elle se souvient : le billet pour le tirage! Elle ne s'en était pas occupée plus tôt.

Elle fronce les sourcils devant le numéro qui lui est attitré : 666. Le numéro du Diable! On dit même qu'il porte malheur. Laura a la bouche pâteuse et avale difficilement sa salive. Elle se ronge les ongles.

Puis, elle reprend le chemin du gymnase. Elle retourne son inscription au tirage de tous les côtés. La tête baissée, elle se cogne subitement le crâne sur le torse de quelqu'un.

– Tu ne pourrais pas faire attention ? s'offusque la personne.

– Oh désolée…

Elle remet sa tête droite et fige de stupéfaction.

– Dave! Dave? bredouille Laura, qu'est-ce que tu fais là? Tu ne m'attendais pas dans la forêt?

– Pourquoi est-ce que je t'attendrais dans la forêt? lui répond-il d'un ton naïf.

Laura blêmit. L'auteur mystérieux n'est pas Dave. Serait-ce quelqu'un qui lui veut du mal en lui faisant croire qu'il l'aime? Pourquoi est-elle sa cible? Aura-t-elle finalement un partenaire?

Kirianne et Frédérike les rejoignent. Elles ont l'air heureuses de retrouver leur copine.

– Ça va mieux?

Laura n'en a que pour Dave. Elle ne le croit pas! Elle affronte son regard, sort ses lettres et emprunte le même ton bourru lorsqu'elle s'adresse à lui :

– Alors c'est quoi ces messages hein? J'en ai reçu deux aujourd'hui! C'est ta signature en bas. Regarde.

Elle lui met le papier jauni sous le nez. Dave s'esclaffe.

– Je n'ai jamais écrit ça. Surtout que j'écris vraiment mal, alors tu n'aurais même pas été capable de déchiffrer mes pattes de mouches. Et c'est signé D. Ça peut être n'importe qui, et ça ne veut pas dire que c'est moi! De toute façon, j'ai déjà une partenaire.

Il se retourne.

– Tu viens, Kirianne?

La pauvre baisse les yeux de honte face à son amie et enlace Dave.

Les premiers airs d'une musique pop sortent des haut-parleurs. Les danseurs se rendent à la salle de bal. Seule dans le grand hall vide, Laura pleure, dévastée. Elle est convaincue d'être la plus idiote des filles de la terre.

UNE PROMENADE NOCTURNE

Elle a besoin de se rafraîchir l'esprit. Elle sort profiter du temps extrêmement frais de ce soir printanier. Elle respire un grand coup et essuie les larmes sur ses joues du revers de la main. Elle relève la manche de sa robe et passe une main fébrile sur le tissu qui panse sa blessure. Elle a l'impression que sa peau se ratatine.

Elle se demande pourquoi elle s'est déguisée ainsi. Loin d'être originale, elle a remarqué plusieurs filles en Reine des neiges. De toute façon, plus personne ne s'occupera d'elle maintenant.

Son regard bifurque vers les arbres jouxtant le terrain de l'école. La seule manière de savoir qui est son admirateur secret est de suivre son message. Elle doit donc se rendre à l'endroit indiqué par la lettre.

Elle écarte les branches qui bloquent son passage et emprunte un sentier sinueux. Tel un chat, elle essaie de se guider dans l'obscurité partielle. La pleine lune projette heureusement sa lumière. Le froid la mord de plus en plus, car elle n'est pas allée chercher son manteau au vestiaire. Elle se frotte les bras pour se réchauffer.

Un animal hurle une plainte épouvantable qui s'étire. Laura ne se sent pas rassurée. Elle avance à pas de tortue, craintive. Lorsqu'elle se raisonne et décide de rebrousser chemin, laissant ainsi tomber sa quête, un murmure retentit jusqu'à ses oreilles :

– Ici…

Laura n'arrive pas à saisir la provenance de la voix empreinte de chaleur. Tel un aimant, la tonalité grave l'envoute et l'attire. Elle poursuit son aventure dans les bois, la peur au ventre.

– Où es-tu?

Le silence. Même l'animal sauvage s'est tu. Personne ne lui répond, hormis un criquet qui chante. Les paumes tournées vers l'avant pour ne pas se faire surprendre, elle dépose un pied devant l'autre. Une lueur au loin attire son attention. Une fumée monte jusqu'au ciel, et une odeur de feu de camp s'en dégage. Elle s'approche de plus en plus, s'enfonçant dans le chemin cahoteux.

Des flammes dansent avec ardeur. Elles passent de l'orangé au rouge sang. Les pierres qui encerclent le feu noircissent. Des brindilles sèches se consument. L'air chaud enveloppe Laura d'interrogations. Qui a bien pu allumer ce brasier? Est-ce le mystérieux D?

Elle jette des regards aux alentours et n'y voit que son ombre qui se reflète sur l'écorce des bouleaux. Son bras la fait encore souffrir. Elle place sa main sur sa blessure par réflexe.

Une envie forte de se défouler lui vient. Elle voudrait hurler, mais elle a peur de se faire remarquer par les finissants et les enseignants. Elle puise dans son sac à main, tient les deux lettres reçues dans la journée, les scrute, les tourne entre ses doigts. Elle déchire celles-ci et les jette violemment dans le crépitement rouge et orange. Son prénom tracé à l'encre rouge scintille et s'illumine. Les feuilles de papier noircissent, les mots disparaissent un à un, puis les phrases et enfin, la signature étrangère.

Spectatrice de la cendre qui s'accumule, elle fixe le feu. On lui touche l'épaule. Elle sort de sa torpeur, se retourne et tombe nez à nez avec un grand garçon mince aux cheveux d'or et aux yeux d'un bleu perçant. Il est d'une beauté inouïe, rare, que Laura n'a jamais vue ailleurs. Il est vêtu d'un gilet de style kangourou. Le jeune homme lui sourit.

– Je t'attendais.

– Je... bafouille-t-elle avant de rassembler dans son esprit un semblant de question. Qui es-tu?

– Ma mère m'enseigne à la maison. J'ai toujours rêvé d'aller à l'école, mais elle n'a jamais voulu. Depuis quelque temps, je me promène dans la rue près d'ici. Je t'ai remarquée, puis je me suis renseigné sur toi. J'ai réussi à avoir ton adresse, et j'ai aussi envoyé une lettre au directeur.

Tout s'explique maintenant. Le cœur de Laura se gonfle d'amour et des papillons gigotent dans son ventre. Entendre parler son doux admirateur secret lui procure une telle sensation de bien-être qu'elle a du mal à se tenir debout. Elle se rapproche de lui, se tenant sur le bout des pieds.

– Voudrais-tu m'accompagner pour danser? Je serais tellement heureux si tu me disais oui…

Laura repose doucement ses talons au sol. Elle expire et le stress s'envole d'un coup. Laura ne se fait pas prier pour répondre :

– Oui, j'accepte.

Le garçon plonge son regard dans celui de cette fille qu'il admire. Il glisse sa main dans la sienne, et l'entraîne loin du feu de camp, où les lettres ont complètement disparu. Laura ferme les yeux. Elle hume le parfum frais des cheveux de l'inconnu.

Il lui rappelle les champs près de chez elle au printemps. Les tourtereaux marchent lentement, presque collés l'un contre l'autre. Laura ne sait pas quoi dire et elle n'a pas envie de bavarder. Elle savoure le moment. Au fond d'elle-même, elle est contente que son partenaire ne soit pas Dave.

– Tu t'appelles comment? demande Laura à son cavalier.

Ce dernier se contente d'avancer sans lui répondre.

Lorsqu'ils se retrouvent devant la porte d'entrée du gymnase, ils entendent les vibrations de la fête : une musique entraînante. Laura se souvient d'un règlement de l'école et l'explique au garçon.

– On n'a pas le droit d'inviter des gens qui ne fréquentent pas l'école, je crois que tu ne pourras pas…

– Ne t'inquiète pas, dit l'étranger. Ma mère a tout arrangé avec le directeur. Il m'a permis à moi aussi de célébrer la fin de mon primaire. Je ne suis pas un sauvage quand même!

Puis, un autre problème se pose pour Laura.

– Tu n'as même pas de déguisement. Ce soir, c'est un bal costumé.

L'inconnu rigole de bon cœur. Il rabat le capuchon de son

kangourou sur sa chevelure de blé. Il a maintenant deux cornes sur le crâne.

– Je serai le Diable. Est-ce que ça te va?

Laura hoche la tête et pénètre dans la salle de bal aux côtés de son nouveau copain.

LE TEMPS D'UNE DANSE

Ils se mélangent à la marée dansante. Le rythme de la musique leur inspire des mouvements frénétiques. Ils sautent, gesticulent, bougent les bras, exécutent quelques pas. La robe de Laura virevolte, tandis que les cornes du capuchon de l'étranger dépassent de la foule.

Parfait! Elle ne se rend compte de rien, pense l'inconnu.

Les lumières multicolores s'ajoutent à l'ambiance feutrée.

Des faisceaux luminescents rebondissent sur les têtes des invités qui se déhanchent. Une boule disco au plafond scintille, faisant pleuvoir des carreaux blancs dans toute la salle. Les cavaliers s'échangent des regards complices, heureux de fêter la fin d'une époque et le début d'une autre. Ils iront bientôt dans une polyvalente, se joignant à la horde des élèves du secondaire. Ce soir, ils se défoulent.

Plus haut, un animateur enchaîne les chansons festives. Aux quatre coins de la pièce, des enseignants surveillent les jeunes pour que la célébration se déroule dans le calme. L'inconnu, lorsqu'il s'agite avec sa compagne, s'efface du regard des adultes. Laura, trop occupée, ne remarque même pas ses trucs afin de rester caché. Il lui a menti, sur toute la ligne.

La pauvre! Elle me croit. Quelle innocence!

Kirianne et Frédérike s'amusent plus loin avec leur partenaire respectif, soit Dave et Mathieu. Ce dernier enlace Frédérike, qui rougit instantanément. Elle attendait ce moment depuis tellement longtemps. Kirianne, quant à elle, aperçoit Laura avec son cavalier. Elle éloigne le rouquin et interrompt le rêve de Frédérike. Elle lui tape sur l'épaule et pointe Laura, la Reine des neiges. En raison du niveau élevé de décibels, elle crie dans l'oreille de Fred.

– C'est qui lui?

Frédérike jette un coup d'œil.

– Wow! s'exclame-t-elle. Il est vraiment beau.

– Mais il ne vient pas à l'école, s'étonne Kirianne. Il n'a pas le droit d'être ici.

Frédérike hausse les épaules. Elle n'a que faire de Laura et de ce nouvel élève. Elle en a plein les bras avec Mathieu. Leur rapprochement était inespéré. Kirianne, elle, reste perplexe.

Le volume de la musique diminue. Le directeur monte

sur la balustrade où se trouve l'animateur. Il s'empare d'un micro et demande l'attention des élèves. Les danseurs s'arrêtent le temps d'une pause, en sueur et à bout de souffle d'avoir dépensé tant d'énergie.

– Nous allons maintenant procéder au tirage des prix de présence.

Des enfants gagnent des objets promotionnels à l'effigie de l'école : des tee-shirts, des gourdes d'eau, des boîtes à lunch et des casquettes. Pour le prix le plus important, le directeur invite Caroline à venir piger dans un grand bac rempli de billets bleus. Elle y plonge la main avec fierté, et ressort un numéro qu'elle dicte dans le micro :

— Les chiffres sont parfaits pour tous ceux déguisés en monstres, ricane-t-elle. Il s'agit du 666...

Laura n'en revient pas. Elle n'a jamais gagné de sa vie. Elle récupère son billet dans le fond de son sac à main. Elle vérifie bien que le numéro soit le sien. Comment oublier cette combinaison? Heureuse, elle se tourne vers le garçon aux cheveux blonds pour l'inviter à monter avec elle.

Tu as gagné une place à mes côtés! C'est toi que j'ai choisie, réfléchit l'inconnu.

— Je préfère ne pas t'accompagner. Vas-y, toi. Je suis ravi que tu sois la gagnante.

Déçue, elle s'avance tout de même vers Caroline et le directeur. Ses camarades l'applaudissent. Son enseignante lui remet une carte-cadeau d'une valeur de cinquante dollars échangeable dans une librairie.

Puis, le directeur reprend la parole. Il demande aux élèves de se rapprocher de leur partenaire.

– Je vais vous initier à une nouvelle danse. C'est une tradition dans tous les grands bals du monde. Elle est facile. Il suffit de faire trois pas à gauche et trois pas à droite. Ensuite, vous tournez sur vous-même. Maintenant, attrapez votre cavalier ou votre cavalière et préparez-vous à valser.

Une musique digne des contes de fées retentit dans les haut-parleurs. On dirait qu'elle provient d'un autre temps, et qu'elle a été composée il y a des siècles par Vivaldi ou Mozart.

Le garçon agrippe la taille de Laura et la rapproche contre lui. Il glisse sa main dans la sienne, comme le veut la coutume. Lentement, ils effectuent quelques pas. La mélodie envahit leurs corps :

Elle sourit, un deux trois.

Près de lui, deux deux trois.

Et elle tourne, trois deux trois.

Dans ses bras, quatre deux trois.

Elle se sent bien. Le talent de son bien-aimé est époustouflant. Elle l'admire. Puis, une chaleur la submerge; elle est amoureuse. Le parfum du garçon enivre Laura de bonheur et elle aime être près de lui. Elle savoure le moment en évacuant toutes les mauvaises pensées de son esprit. Exit la douleur à son bras due à sa brûlure! Exit la honte devant les moqueries sournoises de Dave! Exit la crainte d'être seule pour son bal des finissants!

Dansons ensemble pour

l'éternité!

L'étranger colle son front contre celui de sa partenaire. Laura remarque les yeux soudainement rouges du garçon. Elle sursaute. Elle souhaite se soustraire de l'étreinte de son amoureux. Le garçon la retient. Il lui susurre à l'oreille :

– Je t'aime Laura Gauthier.

Laura se rapproche de l'oreille de son amoureux. Elle place sa main en cornet pour protéger sa réponse du bruit.

– Je t'aime aussi, mais je ne connais même pas ton nom.

– Je te l'ai dit, réplique l'inconnu, je suis le Diable. Lucifer!

Et tu seras la prochaine.

Laura est troublée par son attitude. Qu'est-ce qui lui prend?

L'inconnu fait un pas de plus en direction de la jeune fille. Il place sa main sur sa nuque, et plaque ses lèvres sur les siennes. Laura vit un premier baiser.

Un baiser fatal!

LA RÉVÉLATION DIABOLIQUE

L'inconnu tremble. Il gémit de souffrance, baisse la tête et recule vivement. Laura lui touche l'épaule.

– Qu'est-ce qui se passe? Est-ce que tu vas bien? s'inquiète-t-elle.

Soudain, les cornes de Lucifer se durcissent. Son capuchon se fond sur son crâne et sa chevelure noircit. Des parties de son visage brûlent alors que sa peau émet une légère fumée, devenant aussi rigide que le roc. Ses dents pourrissent, ses lèvres bleuissent et son corps se raidit. Ses ongles se transforment en griffes d'un jaune crasse.

Laura bondit d'un pas vers l'arrière, poussant un cri terrifié devant la bête. Les danseurs s'affolent, courent vers la sortie, mais se butent sur des portes verrouillées. Lorsque les enseignants et la direction tentent d'ouvrir les sorties d'urgence avec leurs clés, les montants prennent subitement en feu. Des flammes lèchent les murs à une vitesse ahurissante. Des élèves s'époumonent de terreur :

– Nous allons tous mourir!

Lucifer relève la tête. Le blanc de ses yeux a pris la teinte du sang. D'un pas lent, il se dirige vers Laura, qui tente de fuir en reculant. Les élèves apeurés leur laissent le champ libre.

De la sueur coule du front de Laura, mouillant sa robe bleutée. Le feu ravage de plus en plus la salle de bal. La chaleur à l'intérieur est suffocante. Une fumée sombre alourdit l'atmosphère. Les élèves toussent et arrivent difficilement à respirer.

Le Diable grogne d'impatience. Il fonce vers Laura. Elle court. Malheureusement, elle arrive vite près d'un braisier. Elle est prise au piège. Le monstre est à quelques mètres d'elle. Elle se retourne pour le voir. Qu'est-ce qui a pu lui arriver?

Puis, elle comprend : la légende du Diable beau danseur. Elle se rappelle l'histoire racontée par son enseignante, celle de l'inconnu charmant. Il était un danseur, comme son partenaire. Il était blond, comme lui.

Elle ne peut croire qu'elle se retrouve à la place d'Adrienne. Que lui arrivera-t-il maintenant?

Lucifer est à quelques centimètres. Laura ne reconnaît plus le parfum des champs printaniers. C'est l'odeur de soufre qui le remplace, celle d'une allumette qu'on craque : la même que sur les enveloppes qu'elle a reçues.

Le Diable s'adresse à elle, d'une voix rauque et ténébreuse :

— Je t'ai choisi Laura Gauthier. Mes lettres, ta brûlure, notre rendez-vous. N'as-tu donc rien remarqué?

Puis, à l'aide d'une de ses griffes jaunâtres, il découpe la manche de sa robe. Il arrache aussi le pansement qui recouvrait son bras.

— Regarde! lui ordonne-t-il.

Une cicatrice rouge et enflée marque sa peau. Elle forme une sorte d'étoile entourée d'un cercle. Laura se souvient avoir lu qu'il s'agissait du signe de Satan, maître des enfers. À côté de ce signe, comme si elle était marquée au fer brûlant, les chiffres 666 sont gravés.

Elle tombe à la renverse. Elle ressent une douleur atroce dans ses jambes. Son visage se crispe. Le bas de sa robe de la Reine des neiges est en feu. Elle la secoue pour l'éteindre, sans succès. Elle roule sur elle-même.

Puis, le Diable plonge son regard perçant dans celui de Laura. Lucifer lui montre ses dents pourries et éclate d'un rire diabolique.

Elle perpétuera la tradition. Son tour est venu. Et le bal de ce soir où se compteront plusieurs blessés, sera sa dernière maison.

Il se tourne vers elle et lui dit d'une voix rauque :

— Bienvenue chez toi...

L'ADMIRATRICE SECRÈTE

La flamme d'une chandelle vacille. La fille ferme son nouveau recueil des légendes québécoises. Il était ouvert à la page de celle du Diable beau danseur. Un sourire se dessine sur ses lèvres. Cette histoire la fait toujours rire. Elle sait pertinemment que les élèves du primaire l'apprennent, mais qu'ils ne sont pas conscients qu'elle est peut-être plus vraie qu'on ne le pense.

Assise à un bureau de bois, dans une pièce où les murs sont garnis de livres, elle sort une feuille de papier. Elle s'empare d'un stylo rouge couleur de braise et en mordille l'embout. Elle pense à sa victime et à une manière de l'amadouer. Puis, elle se décide enfin. Elle s'applique lorsqu'elle rédige la lettre : l'écriture est fine, tassée et légèrement penchée.

Elle signe au bas de la feuille. Elle insère finalement sa missive dans une enveloppe noire comme l'ébène. L'odeur est celle de la cendre. Elle lèche les rebords collants, scelle sa lettre et indique le destinataire d'un rouge vif sur l'endos. Elle pose ensuite le timbre dans le coin supérieur droit.

Puis, l'auteure de la lettre sort et se rend à la boîte postale près d'un dépanneur au coin de la rue. Elle glisse l'enveloppe à l'intérieur.

Quelques jours plus tard, un certain William découvre le message qui fait battre son cœur :

Cher William,

Je ne pense qu'à toi. Tu es là, dans ma tête et dans mon cœur. Ton sourire unique hante mon esprit, jour et nuit. J'aimerais beaucoup t'accompagner au bal des finissants de ton école primaire. Et qui sait? Nous serions peut-être les meilleurs danseurs?

En espérant être ta partenaire, le temps d'une soirée.

Signé.

L.

FIN

REMERCIEMENTS

Merci à Karen, Amy, Mathilde, Valérie ainsi qu'à toute l'équipe des Éditions Z'ailées. Merci pour la confiance, la passion, le professionnalisme, la générosité et l'énergie.

Merci à Isabelle Lauzon, qui a su me guider lors d'une première relecture. Tes conseils et ta rigueur m'ont été bénéfiques.

Merci à mes amis, ma famille, mes collègues auteurs, aux journalistes (dont Maxime Tremblay et François Fortin) ainsi qu'aux comédiens de la Fabuleuse, qui me soutiennent dans tous mes projets.

Merci finalement aux jeunes lecteurs, qui dansent avec moi dans le grand bal de l'imaginaire.

KEVEN GIRARD

Keven Girard est étudiant à l'Université du Québec à Chicoutimi en enseignement du français au secondaire. Il a toujours eu deux passions connexes : le jeu et l'écriture. Petit, il imitait son entourage et écrivait dans des cahiers. Grand, il participe à quelques projets théâtraux et tape sur un clavier d'ordinateur. En plus d'écrire des romans pour les jeunes en quête d'émotions fortes, il écrit aussi pour les enfants avec la série Fabuleux! publiée aux Éditions Z'ailées.

www.kevengirard.com

DANS LA MÊME COLLECTION :

Achevé d'imprimer en juillet 2015
Impression Design Grafik
Ville-Marie (Québec)
819-622-1313